KB101290

말썽꾼 해리와
진흙 그렘린 소동

감사의 말

담당 편집자 캐시 헤네시와 원고 집필을 도와준 남편 루퍼스에게
각별한 감사의 말을 전합니다.

또 의견을 들려준 딸 에밀리에게, 주립 공원을 함께 걸어 다니며
즐겁게 버섯을 찾아 준 코네티컷 골짜기 균류 동호회장 에드 보스맨에게도
특별한 감사를 전합니다!

동화는 내 친구 74

말썽꾼 해리와 진흙 그렘린 소동

초판 2쇄 2017년 8월 30일 | 초판 1쇄 2014년 2월 18일
지은이 수지 클라인 | 그린이 프랭크 렘키에비치 | 옮긴이 햇살과나무꾼
펴낸이 박강희 | 펴낸곳 도서출판 논장 | 등록 제10-172호·1987년 12월 18일
주소 10881 경기도 파주시 회동길 329 전화 031-955-9163 팩스 031-955-9167
제조국명 대한민국 | 사용연령 8세 이상
주의사항 종이에 베이거나 긁히지 않도록 조심하세요.
ISBN 978-89-8414-173-5 73840 · 978-89-8414-171-1(전5권)

· 책값은 뒤표지에 있습니다. · 잘못 만들어진 책은 구입하신 서점에서 바꾸어 드립니다.

동화는 내 친구 74

말썽꾼 해리와 진흙 그렘린 소동

수지 클라인 글 | 프랭크 렘키에비치 그림 | 햇살과나무꾼 옮김

논장

2002년 7월 2일 코네티컷 주 록빌에서 태어난
셋째 손녀 세일러 엘리자베스 허턱에게
사랑을 담아 바칩니다.
사랑한다, 할머니가.

가느냐, 마느냐……

"바로 여기야."

해리는 손가락으로 울타리 너머를 가리켰다.

우리는 모두 빈터를 바라보았다. 빈터에는 풀과 덤불이

드문드문 자라고, 참나무가 한 그루 서 있었다. 바닥에는

흙과 나뭇잎, 자갈이 잔뜩 깔려 있었다.

메리가 퉁명스럽게 말했다.

"저기에 가면 안 돼. 학교 규칙이라고.

우리는 운동장 밖으로 나갈 수 없어. 울타리를

넘어가지 말고 여기서 버섯 왕국을 보면 안 돼?"

해리가 대답했다.

"안 돼. 버섯 왕국은 5미터쯤 더 가야 있어.

바로 저 참나무 뒤에."

차 례

거짓말 대장 해리

내 짝꿍 해리는 거짓말 대장이다. 다행히 해리는 나한테도 송이한테도 선생님한테도 거짓말을 하지 않는다. 해리는 딱 한 사람한테만 거짓말을 한다.

바로 시드니한테만.

그야 당연하다. 시드니는 해리를 괴롭히니까. 언젠가 시드니는 해리가 집에서 가져온 초콜릿 케이크를 슬쩍 훔쳐 먹은 적이 있었다. 그러고는 뻔뻔하게도 왜 케이크 안에 바삭바삭한 게 들어 있느냐고 물었다. 그때 해리는 거짓말로 시드니에게 복수를 했다. 해리는 케이크가 바삭바삭한 이유는 특별한 재료를 넣었기 때문이라고 대답했다.

바로 바퀴벌레라고.

그 말에 시드니는 미친 듯이 펄펄 뛰었다! 사실은 바퀴벌레가 아니라 잘게 부순 아몬드였는데 말이다.

나는 그 거짓말이 참 재미있었다. 게다가 시드니는 그런 꼴을 당해도 쌌다. 시드니는 정말 짜증 나게 굴 때가 있으니까! 또 시드니는 해리를 계집애 같은 카나리아라고 심술궂게 놀려 댄다. 예전에 시드니가 해리의 의자랑 도시락 통에 카나리아 스티커를 붙이고, 그것도 모자라 해리가 도서실에서 새로 빌려 온 공룡 책에까지 스티커를 붙여 놓은 적이 있었다. 해리는 엄청나게 화가 나서 시드니한테 세 배로 복수해 주겠다고 마음 먹었다.

해리는 그때도 거짓말로 복수했다!

그날 수업이 끝난 뒤였다. 해리는 시드니한테 카나리아 스티커를 붙여 줘서 고맙다며 악수를 하자고 했다. 그러고는 시드니가 해리 손바닥에 묻은 끈적끈적한 것이 뭐냐고 물으니까, 해리는 이렇게 대답했다.

"달팽이였어."

시드니는 집으로 가는 내내 꽥꽥 비명을 질러 댔다.

나중에 해리한테 들었는데, 그건 달팽이가 아니라 점심 때 먹다 남은 바나나였다.

지금까지 나는 해리의 거짓말이 조금도 괴롭지 않았다. 오히려 재미있어서 웃음이 나왔다. 하지만 딱 한 번, 해리의 거짓말 때문에 정말로 괴로웠던 적이 있다. 지금부터 내가 이야기하려는 사건이다. 그때 나는 온몸에 소름이 쫙 돋고 식은땀까지 줄줄 흘렸다!

해리가 '진흙 그렘린' 거짓말을 했기 때문이다.

정말로 끔찍했던 점은 해리가 우리 모두를 끌어들였다는 것이었다. 메리, 아이다, 덱스터, 시드니, 나, 심지어 송이까지. 모두가 해리와 같이 거짓말을 한 셈이 되었다.

그 사건은 11월 어느 월요일 아침, 해리가 목걸이를 하고 학교에 오면서 시작되었다.

해리의 목걸이

해리가 교실로 들어오자, 시드니가 나한테 귓속말로 물었다.

"야, 더그, 해리가 목에 걸고 있는 게 뭐냐?"

나는 윗옷을 옷걸이에 걸며 대답했다.

"목걸이 같은데."

"목걸이라고?"

시드니는 키득키득 웃었다. 시드니가 도시락 통을 선반에 얹고 나서, 우리는 교실 한구석에 있는 과학

활동 공간으로 갔다. 거기에는 보름달 모양의 노란 깔개를 새로 깔아 두었는데, 해리는 깔개 위에 서서 우리가 기르는 곰팡이를 살펴보고 있었다. 우리는 저마다 비닐봉지에 식빵을 한 쪽씩 담아 벽에다 테이프로

붙여 두었다. 오늘이 실험을 시작한 지 열흘째였다.

해리가 소리쳤다.

"푸른곰팡이 좀 봐. 정말 멋지지!"

시드니는 시큰둥했다. 시드니는 곰팡이가 아니라 해리의 목걸이 이야기를 하고 싶어 했다.

"야, 해리, 목걸이는 여자애들이나 하는 거 몰라? 남자가 웬 목걸이냐!"

그 말에 해리가 주먹을 꽉 쥐었지만, 때마침 메리가 나타났다.

"어떻게 그런 말을 할 수가 있니, 시드니. 남자애들도 아주 오래전부터 목걸이를 했다는 거 몰라? 남자 어른들도 한다고. 넌 야구 경기도 안 봤어? 야구 선수 절반이 목걸이를 하고 있잖아. 마이클 조던('농구 황제'라 부르던 미국 최고의 농구 선수 – 옮긴이)은 또 어떻고? 마이클 조던은 한쪽 귀에 금귀고리도 했다고."

시드니는 뒤로 움찔 물러나더니, 홱 돌아서서 미술 도구가 놓여 있는 탁자로 걸어가 버렸다.

메리가 해리에게 다가와 목걸이를 찬찬히 살펴보며

중얼거렸다.

"흐음, 재미있게 생겼네. 모서리가 여섯 개, 그러니까 육각형이야. 이건 뚜껑이니?"

해리가 "응." 하고 대답했다. 이제 송이와 덱스터, 아이다까지 우리 쪽으로 왔다.

아이다가 물었다.

"뚜껑을 열면 뭐가 나와?"

송이도 물었다.

"사진?"

해리가 대답했다.

"아니. 보여 줄게."

아주 천천히, 해리가 뚜껑을 한쪽으로 밀어서 열었다.

"할머니가 일요일에 박물관에 갔다가 기념품 가게에서 나 주려고 사 오셨어. 이건 돋보기야. 유리 렌즈 보이지? 그걸로 보면 돼."

메리는 은색 사슬 끝을 잡고 달랑거리는 렌즈를 들여다보았다.

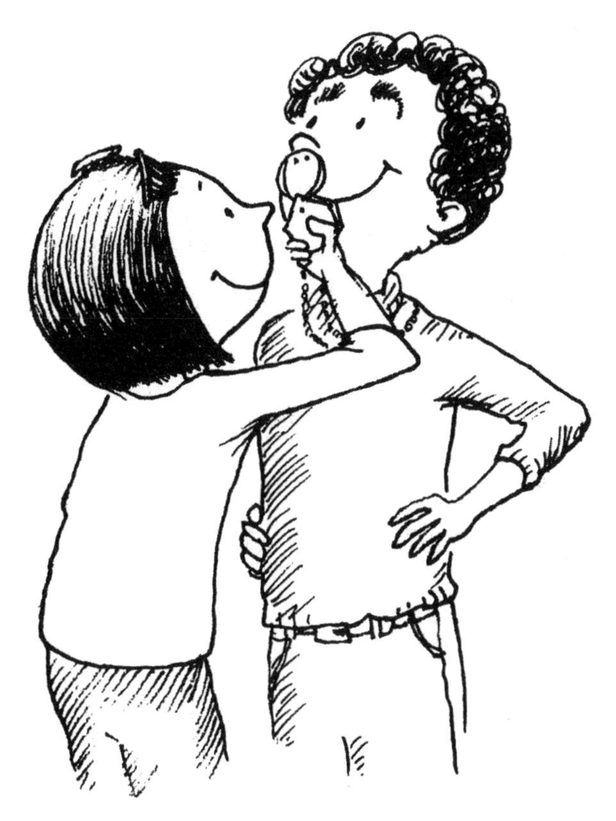

“우아! 내 손가락의 잔주름이 보여!”

해리가 대꾸했다.

“당연하지! 이 녀석으로 보면 열 배나 크게 보이니까.”

송이는 자기 차례가 되자 해리의 얼굴에 렌즈를 갖다 댔다.

“해리 콧속의 까만 털이 보여.”

그러자 해리가 한쪽 눈썹을 슥 추켜올렸다.

"푸른 털도 보여 줄까? 빵에 핀 곰팡이를 들여다 봐."

송이는 바로 옆에 있는 빵 봉지에 돋보기 렌즈를 갖다 댔다.

"우아아, 멋지다! 꼭 운석 구덩이에서 푸른 솜털이 자라는 것 같아."

해리가 맞장구쳤다.

"그래. 하지만 난 오늘 아침 학교로 오다가 더욱더 근사한 걸 봤어."

메리가 물었다.

"뭘 봤는데?"

해리가 메리의 말을 바로잡았다.

"뭘 발견했느냐고 물어봐야지. 난 버섯 왕국을 발견했어."

우리는 입을 모아 "버섯 왕국이라고?" 하고 말했다.

그때 시드니가 "야, 무슨 일이야?" 하며 끼어들었

다. 시드니는 어느새 과학 활동 공간으로 돌아와 있었는데, 목에 노란 털실로 만든 목걸이를 걸고 있었다. 목걸이 줄에는 클립 세 개가 은 장식처럼 달려 있었다.

아무도 시드니한테 목걸이 이야기를 하지 않았다. 해리가 대체 무엇을 발견했는지 너무너무 궁금했기 때문이다.

해리가 목소리를 낮추었다.

"점심시간까지 기다려 봐. 괴상하게 생긴 균을 보여 줄 테니까. 새로 받은 이 현미경으로 보게 해 줄게."

시드니가 불쑥 물었다.

"균이라니?"

해리가 바로잡아 주었다.

"균이 아니라 균. 너, 과학 시간에 뭐 했냐? 버섯은 균류에 들어가잖아. 빵에 핀 곰팡이도 균이지. 할머니가 그러는데 균은 갖가지 물건을 만드는 데 쓰인대. 천연 세제, 병균을 죽이는 약 페니실린, 블루치즈(푸른

곰팡이를 넣어 만든 치즈-옮긴이), 거기에다…….”

해리는 하얀 이를 반짝이며 말을 이었다.

“……살라미(고기를 발효시킨 다음 오랫동안 천천히 말려서 만든 소시지-옮긴이)까지 말이야.”

그러자 시드니가 숨이 콱 막힌 듯 목을 움켜쥐었다.

“아아악! 오늘 엄마가 살라미 샌드위치를 싸 줬단 말이야. 점심때 균을 먹게 생겼어!”

해리가 대꾸했다.

"우린 모두 균을 먹을 거야, 시드니. 빵에는 효모라는 균이 들어 있거든. 그런데 효모가 우리 발에서 자라면 무좀이 되지. 시드니, 넌 좀 씩씩해져야겠다!"

시드니의 얼굴은 우리가 기르고 있는 곰팡이처럼 새파래졌다. 해리가 시드니의 등을 탁탁 두드리며 말했다.

"오늘은 운이 좋은걸, 시드니. 네가 먹을 샌드위치에는 균이 두 배로 들어가 있잖아. 살라미 소시지에도, 빵에도!"

송이가 키득키득 웃으며 말했다.

"점심시간에 버섯 왕국을 꼭 보여 줄 거지?"

해리가 손가락 하나를 치켜들고 대답했다.

"응, 점심시간에. 하지만 그 전에, 버섯 왕국을 보고 싶으면 거기가 어딘지 아무한테도 말하지 않겠다고 약속해야 돼. 비밀 장소니까."

해리는 집게손가락과 엄지손가락을 맞붙여 작은 동그라미를 만들었다.

"여기다 손가락을 넣어."

우리는 한 사람씩 동그라미에 집게손가락을 집어 넣었다. 빈틈없이 딱 맞았다!

해리가 손가락을 꽉 조이며 목소리를 낮췄다.

“이제 내 말을 따라 해.”

우리는 보름달 깔개에 둘러앉아 귀를 쫑긋 세웠다.

해리가 입을 열었다.

"나는……."

우리가 따라 했다.

"나는……."

"해리를 따라 버섯 왕국으로 갈 것이며……."

"해리를 따라 버섯 왕국으로 갈 것이며……."

"그곳이 어디인지 아무에게도 말하지 않겠다고 약속한다."

"그곳이 어디인지 아무에게도 말하지 않겠다고 약속한다."

해리가 손가락 동그라미를 풀며 말했다.

"좋아, 이제 점심시간이 되면 평생 기억에 남을 멋진 버섯을 보게 될 거야!"

해리는 돋보기 목걸이를 스웨터 속에 집어넣고 이를 드러내며 씨익 웃었다.

글짓기 작품 전시장

오전 내내 교실에만 있으려니 맥이 쭉 빠졌다. 점심 시간이 되려면 아직 세 시간이나 기다려야 했다. 우리가 정말로 하고 싶은 일은 버섯 왕국에 가는 것인데!

선생님도 우리의 시무룩한 표정을 보았다.

얼굴을 찌푸린 아이도 있었다.

선생님은 이내 칠판에다 '글짓기 교실'이라고 쓰고는 우리를 돌아보며 활짝 웃었다.

"때로는 기분이 안 좋을 때 글이 술술 나오기도 한

단다!”

해리와 나는 눈짓을 주고받았다.

메리는 눈알을 되록되록 굴렸다.

“벌레처럼 자기를 괴롭히는 것에 대해서 글을 쓰고 그림을 그려 보렴. 완성한 글과 그림은 복도의 글짓기 작품 전시장에 붙일 거야.”

해리가 물었다.

“정말로 벌레를 만들어서 붙여도 되나요?”

선생님이 대답했다.

“그럼! 참 재미있겠구나. 하지만 글부터 쓰고 나서 만들렴.”

그러자 해리의 얼굴은 더 시무룩해졌다. 해리는 벌레부터 먼저 만들고 싶어 했다.

아이다가 투덜거렸다.

"난 벌써 글감을 정했어. 내 동생! 걔 때문에 정말 괴롭다고."

선생님이 빙그레 웃었다.

"이름은 쓰지 말고. 사람들이 어떤 행동을 할 때 괴로운지 써 보렴. 이를테면 누가 나를 놀리거나, 시끄럽게 소리치거나……."

덱스터가 불쑥 끼어들었다.

"담배 피우는 거요. 저는 담배 연기가 딱 질색이에요."

시드니도 큰 소리로 말했다.

"저는 머릿니에 대해서 쓸래요. 지난해에 머릿니가 생겼거든요. 그때 진짜 괴로웠어요."

선생님이 감탄했다.

"정말 좋은 생각이구나! 다른 사람들은?"

송이가 손을 들었다.

"예전에 식구들이랑 다 같이 옷을 차려입고 근사한 식당에 간 적이 있어요. 그런데 식탁 밑에 찐득찐득한 껌이 붙어 있지 뭐예요. 정말 싫었어요!"

선생님은 가슴에 손을 얹었다.

해리가 으스대며 말했다.

"제 이야기가 가장 심할걸요. 진드기에 물렸거든요. 지난여름에 산에 갔다 와 보니 할머니 등에 진드기 한 마리가 붙어 있지 뭐예요. 그 징그러운 놈은 피부를 파고 들어가 몸이 반밖에 안 보였어요. 저는 그때 일을 쓸 거예요. 그러고 나서 전시장 벽에 붙일 진드기랑 머릿니를 만들래요."

모두들 부르르 몸서리를 치고 있는데, 아이다가 손을 들었다.

"또 하나 생각났어요. 빙판길요. 지난겨울에 엄마랑 같이 차를 타고 가다가 하마터면 사고가 날 뻔했어요. 차선을 넘어가면서 막 미끄러졌다니까요."

선생님은 놀라서 숨을 헉 들이마셨다.

"어머, 저런! 자, 이제 글쓰기를 시작하자!"

메리는 얼굴을 찡그렸다. 아무것도 생각나지 않은 것이다. 나도 그랬다.

그때 메리가 연필로 책상을 톡톡 치기 시작했다.

나는 '저거다.' 하고 생각했다. 나는 톡톡 치는 소리가 괴로웠다. 손가락으로 치는 소리도, 연필로 치는 소리도, 발로 치는 소리도……. 나는 열심히 글을 썼다.

30분 뒤, 우리는 저마다 쓴 글을 발표했다. 우리는 한 사람씩 교실 앞으로 나가 선생님의 마이크를 잡고 글을 읽었다. 선생님도 직접 쓴 글을 읽었다. 선생님은 오랫동안 하는 회의가 싫다고 했다.

발표를 하지 않은 사람은 메리뿐이었다.

메리가 투덜거렸다.

“저는 아무것도 생각나지 않아요. 제가 싫어하는 건 죄다 다른 애들이 먼저 써 버린걸요. 다른 사람이 쓴 이야기를 또 쓰고 싶지는 않아요. 뭔가 다른 걸 싫어하고 싶다고요.”

선생님은 빙그레 웃었다.

“혹시 오후가 되면 뭔가 떠오르지 않을까? 그때 발표하렴.”

글짓기를 끝낸 아이들은 현미경으로 빵에 핀 푸른 곰팡이를 관찰했다. 송이와 나는 솜털 같은 곰팡이를 떼어 내 현미경 표본을 만들었다.

마침내 12시 종이 울렸다. 우리는 허둥지둥 식당으로 달려가 우걱우걱 점심을 먹었다. 시드니는 살라미 샌드위치를 해리의 땅콩버터 잼 샌드위치와 바꾸었다. 균이 한 번만 들어간 샌드위치를 먹고 싶다면서. 두 배는 싫다고 했다. 이윽고 우리는 점심을 다 먹어치우고 밖으로 와르르 몰려 나갔다!

가느냐, 마느냐?

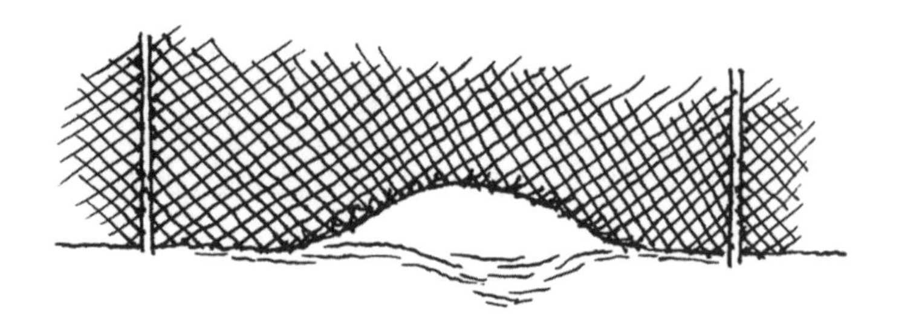

우리 여섯 명은 운동장으로 나가자마자 해리 주위로 모여들었다.

메리가 다그쳤다.

“자, 버섯 왕국으로 데려다 줘!”

해리는 스웨터 속에서 목걸이를 꺼내며 씨익 웃었다.

“따라와.”

우리는 해리를 따라갔다. 해리는 운동장 가장자리

로 우리를 데려갔다. 길 쪽이 아니라 빈터 쪽이었다.

"바로 여기야."

송이가 어깨를 으쓱했다.

"어디?"

해리는 손가락으로 울타리 너머를 가리켰다.

우리는 모두 빈터를 바라보았다. 빈터에는 풀과 덤불이 드문드문 자라고, 참나무가 한 그루 서 있었다. 바닥에는 나뭇잎과 자갈이 잔뜩 깔려 있었다. 사탕 껍질 두어 개와 구겨진 감자 칩 봉지가 물웅덩이 위에 떠 있고, 그 옆에는 개가 질겅질겅 씹어 놓은 테니스공이 둥둥 떠다녔다.

메리가 퉁명스럽게 말했다.

"저기에 가면 안 돼. 학교 규칙이라고. 우리는 운동장 밖으로 나갈 수 없어. 울타리를 넘어가지 말고 여기서 버섯 왕국을 보면 안 돼?"

해리가 대답했다.

"안 돼. 버섯 왕국은 5미터쯤 더 가야 있어. 바로 저 참나무 뒤에."

덱스터가 "으흐음." 하며 흥얼거렸다. 그러더니 손가락을 딱 튕겨 소리를 내며 덧붙였다.

"버섯 왕국. 이야, 이 말은 박자가 있는데!"

해리는 얼굴을 찡그렸다.

"너희는 울타리 밖에 나가서 공을 주워 온 적도 없어?"

그러자 내가 솔직하게 대답했다.

"딱 한 번 있어. 1학년 때 발야구를 하다가 바로 여기로 기어 나가 공을 가져왔지. 그때 선생님은 전혀 화가 난 것 같지 않았어. 그냥 '다음부터는 그러지 마라.' 하고만 말씀하셨지. 아마 내가 공을 주워 와서 다행이라고 생각하셨던 것 같아."

나는 울타리 철조망이 들려 올라가 있는 곳을 손가락으로 가리켰다. 울타리에는 커다랗게 구멍이 나 있어서 밑으로 기어 지나갈 수 있었다.

메리가 팔짱을 끼며 말했다.

"난 안 가!"

해리가 대꾸했다.

"겁먹었어?"

그러자 시드니가 윗옷 속에서 털실 목걸이를 홱 꺼내며 말했다.

"난 겁쟁이가 아냐!"

시드니는 해리 흉내를 내는 것 같았다.

"난 씩씩하다고!"

덱스터도 맞장구쳤다.

"나도. 엘비스 프레슬리('로큰롤의 제왕'이라고 하는 미국의 유명한 가수-옮긴이)도 군대에 있을 때 위험한 지역으로 가야 했어. 난 준비됐어."

해리는 여자아이들을 보았다.

아이다는 내가 묻고 싶었던 질문을 대신 했다.

"누가 보면 어떡해? 선생님한테 혼나기 싫단 말이야."

그러자 해리가 힘주어 말했다.

"아무도 못 봐. 내가 세운 작전은 바로 그래서 좋다고."

내가 물었다.

"작전이라니?"

해리가 재깍 대답했다.

"너희는 한 번에 한 사람씩 들어와. 난 울타리 밖에서 기다리고 있을 테니까. 나머지 다섯 사람은 울타리 앞에 벽처럼 죽 늘어서는 거야. 그럼 울타리 밖으로 나간 사람은 가려서 보이지 않지."

덱스터가 말했다.

"우리가 벽처럼 죽 늘어서서……. 그거 좋은데!"

그러고는 "비비디 바비디." 하고 흥얼거렸다.

송이도 버섯 왕국을 보고 싶은 것 같았다. 송이는 손가락으로 철조망을 꼭 붙들고 울타리 너머를 애타게 바라보았다. 하지만 송이는 지금까지 한 번도 학교

규칙을 어긴 적이 없었다.

송이가 말을 꺼냈다.

"수업 끝나고 가면 안 될까?"

해리는 고개를 저었다.

"너희 중에 절반이 학교 버스를 타고 집에 가 버리잖아. 다 같이 보려면 지금밖에 시간이 없어."

송이는 아무 말이 없었다. 해리는 송이가 골똘히 생각에 잠겨 있다는 것을 알고 간절히 부탁했다.

“이건 과학 공부야. 우리끼리 비밀 야외 수업을 가는 거라고. 우리가 어디 갔다 왔는지 아무도 모를 거야. 아무한테도 말하지 않겠다고 다 같이 약속했으니까. 엄청나게 멀리 가는 것도 아니잖아. 그냥 울타리 밖으로 몇 걸음만 나가면 돼!”

그러자 메리가 허리에 손을 얹고 고래고래 소리쳤다.

“5미터나 된다면서 몇 걸음이라니, 해리! 게다가 그 버섯 왕국에는 대체 무슨 버섯이 있는 거야? 요리에 넣는 버섯? 그런 흔해 빠진 누런 버섯을 보려고 울타리 밖으로 나갈 수는 없어!”

해리는 손가락으로 메리를 딱 가리키며 말했다.

“장담하는데, 절대 보통 버섯이 아니야. 흔해 빠진 버섯도 아니고. 무슨 버섯이냐면……. 바로 말뚝버섯이야.”

우리는 “말뚝버섯이라고?” 하고 물었다.

해리가 덧붙였다.

“끈적끈적하고, 고약한 냄새가 나는 녀석들이지.”

메리가 뒤로 움찔 물러났다.

"절대 마음에 들지 않을 것 같은데."

해리가 고개를 끄덕였다.

"아마 그렇겠지. 하지만 말뚝버섯을 싫어하게 되면 글짓기에 쓸 거리가 생기잖아."

메리는 양 손가락 끝을 맞대었다. 그러고는 "흐으음." 하고 중얼거리며 천천히 손가락 끝을 톡톡 부딪쳤다.

"선생님이 나더러 오후에 발표를 하라고 하셨지. 그리고 난 다른 아이들이 쓰지 않은 이야기를 써야 하고. 선생님을 실망시켜 드리고 싶지 않아. 나도 잠깐 말뚝버섯을 보고 올까?"

메리가 덧붙였다.

"그렇더라도 난 맨 마지막에 갈 거야!"

울타리 구멍

시드니가 울타리 밑으로 잽싸게 빠져나가자, 우리는 울타리 앞에 벽처럼 늘어섰다.

메리가 무뚝뚝하게 말했다.

"아무 일도 없는 척해."

갑자기 시드니가 신음 소리를 냈다. 이윽고 시드니가 다시 울타리 밑으로 기어 나와 이리저리 비틀거렸다.

"아이고, 냄새야……. 말뚝버섯은 진짜 역겨워!"

그러고는 죽은 사람처럼 운동장 바닥에 풀썩 쓰러졌다.

메리가 호통을 쳤다.

"일어나, 시드니! 사람들이 보겠다!"

그러자 시드니는 훈련받는 군인처럼 움직였다. 시드니는 벌떡 일어나 발뒤꿈치를 딱 부딪치고는 우리

와 함께 벽을 만들었다. 이어서 덱스터가 잽싸게 구멍을 지나갔고, 다음으로 아이다가 갔다.

손목시계를 보니, 점심시간이 다 끝나 가고 있었다.

내가 말했다.

"송이야, 우리는 같이 보고 와야겠다. 안 그러면 시간이 모자라겠어."

송이도 그러자고 했다. 송이와 나는 허둥지둥 울타리를 빠져나가 해리가 있는 곳으로 달려갔다. 해리는 나무 뒤쪽 땅바닥에 무릎을 꿇고 있었다.

"버섯 왕국에 잘 왔어, 얘들아! 이 귀여운 녀석들 좀 봐."

송이와 나는 눈이 휘둥그레졌다!

그런 버섯은 한 번도 본 적이 없었다. 버섯 열 개가 땅에서 쑥 솟아 있었는데, 마치 하얀 엄지손가락에다 끈적끈적한 황록색 헬멧을 씌운 것 같았다.

해리가 소리쳤다.

"말뚝버섯이 참 멋지지 않냐?"

송이가 키득키득 웃으며 고개를 끄덕였다. 송이도 해리처럼 끈적끈적한 것을 무지 좋아했다. 나는 송이와 해리만큼 좋아하지는 않았다.

해리가 이야기했다.

"지난주 일요일에 할머니랑 같이 숲 속을 걷다가 이 버섯을 한 무더기 봤어. 할머니는 버섯이 보이면 이름을 가르쳐 주셔. 할머니는 훌륭한 버섯 안내 책자를 갖고 있거든. 버섯 꼭대기의 냄새를 맡아 봐."

송이는 무릎을 꿇고 버섯에 코를 바싹 갖다 댔다. 그러고는 숨을 훅 들이마시고 나서 해리를 보며 방긋 웃었다.

"이거, 가져가서 현미경 표본으로 만들래."

하지만 나는 괴로웠다.

"으으으으으윽! 썩은 달걀보다 냄새가 더 지독해. 왜 버섯 주위에 파리가 들끓는지 알겠다."

해리가 설명해 주었다.

"고기가 썩을 때 이런 냄새가 난대. 할머니가 가르쳐 줬어."

송이는 고기 썩는 냄새가 아무렇지도 않은 듯했다.

송이는 해리의 돋보기로 버섯을 더 가까이 들여다보았다.

“버섯 기둥에 작은 구멍이 송송 나 있네. 꼭 스펀지 같아!”

해리가 “응.” 하고 맞장구쳤다.

그때 메리가 작은 소리로 말했다.

“얘들아, 어서 서둘러! 곧 종이 울릴 거야. 이러다 난 못 보고 끝나겠어.”

송이가 황록색 버섯 갓을 조금 떼어 내자, 우리는 허겁지겁 울타리 밑으로 기어 나왔다.

메리가 버럭 소리를 질렀다.

“내 차례 기다리다 삼 년은 지난 것 같네!”

우리는 모두 메리가 무릎을 꿇고 철조망 울타리의 구멍을 억지로 비집고 들어가는 모습을 지켜보았다. 메리는 잘 빠져나가지 못해서 우리가 다리로 메리의 엉덩이를 슬쩍 밀어 주었다.

메리는 금방 돌아왔다.

메리가 짧게 말했다.

"왜 말뚝버섯인지 알겠다. 말뚝처럼 생겼으니까!"

막 수업 종이 울렸을 때, 해리가 울타리 밖으로 몸을 쑥 내밀었다. 우리는 서로 손바닥을 마주 치고 서둘러 운동장을 달려갔다.

해리가 으스댔다.

"내가 식은 죽 먹기라고 했잖아."

우리는 교실로 돌아가서 15분 동안 자유 활동을 했다. 아무도 우리한테 뭐라고 하지 않았다. 송이와 나는 말뚝버섯에서 떼어 낸 조각으로 현미경 표본을 하나 더 만들었다.

해리는 백과사전 가운데 '곤충' 항목이 쓰여 있는 책을 꺼냈다. 해리는 머릿니와 진드기를 그려서 복도 전시장에 붙일 생각이었다.

모두들 자기 일에 푹 빠져 있는데, 갑자기 선생님의 목소리가 들렸다.

"아니, 새로 깔아 놓은 노란 달 깔개에 누가 이렇게 진흙 발자국을 남겼지? 저 지저분한 발자국 좀 봐! 어쩌다 이렇게 됐을까? 학교 운동장에는 진흙이 없는

데. 다 아스팔트로 덮여 있잖니."

우리는 어쩔 줄 몰라 해리만 빤히 바라보았다.

해리가 우물쭈물 대답했다.

"진흙 그렘린 짓이 아닐까요?"

진흙 그렘린

선생님은 해리가 진흙 그렘린 이야기를 꺼냈을 때 웃지 않았다. 우리도 웃지 않았다. 우리는 모두 터무니없는 거짓말이라는 걸 알고 있었지만, 아무도 입을 열지 않았다.

선생님이 물었다.

"진흙 그렘린이 뭐니?"

해리는 잠깐 "어어…….", "에에……." 하며 머뭇거리다가 설명했다.

"저희 집에서는 누구 잘못인지 모를 때 보통 그렘린 짓이라고 해요. 증조할아버지가 제2차 세계 대전(1939년에서 1945년까지 세계 곳곳에서 벌어진 큰 전쟁 - 옮긴이) 때 비행기가 고장 나면 다들 그렘린 탓으로 돌렸다고 늘 이야기하셨거든요. 그렘린은 물건을 망가뜨리는 작은 괴물이에요."

선생님은 애써 웃음을 지었다.

"그렘린 짓이란 말이지, 응?"

해리가 말을 이었다.

"네, 그렘린은 저희 집 양말이나 열쇠를 가져가기도 해요. 아마 교실 깔개에 진흙 발자국을 남긴 것도 그 녀석들 짓일걸요."

선생님이 말했다.

"그건 아닌 것 같은데. 네 양말을 가져간 건 그렘린일지도 모르지, 해리. 하지만 이 진흙 발자국은 그렘린이 남긴 것이 아니야. 깔개가 왜 이렇게 지저분해졌는지 아는 사람 없니?"

반 아이들은 모두 노란 달 깔개에 이리저리 나 있는

갈색 발자국을 물끄러미 바라보기만 했다.

메리는 곧장 자기 자리로 돌아가 글을 썼다.

송이도 현미경을 끄고 책상으로 허둥지둥 돌아갔다. 고개를 푹 숙이는 송이를 보니 나는 송이가 무슨 생각을 하고 있는지 알 것 같았다.

나도 송이와 같은 생각을 하고 있었으니까.

그렘린 거짓말을 할 수는 있다. 하지만 선생님한테

사실을 숨기는 건 다른 문제이다. 게다가 우리는 모두 진실을 알고 있었다! 바로 우리가 진흙 발자국을 냈으니까. 우리는 학교 규칙을 어기고 허락 없이 울타리를 빠져나가 빈터로 갔다.

선생님은 누군가 입을 열기를 차분히 기다렸다. 우리는 한참 동안 아무 말도 못 하고 어쩔 줄을 몰랐다.

나는 팔뚝에 오돌토돌 소름이 돋았다. 얼굴 양쪽으로는 축축한 땀이 배어 나왔다.

그때 송이가 불쑥 말했다.

"저, 속이 안 좋아요. 보건실에 가면 안 될까요?"

나는 송이가 왜 그러는지 알았다. 송이도 너무너무 기분이 거북한 것이다.

송이가 막 문으로 갔을 때, 메리가 자리에서 벌떡 일어났다.

"잠깐만! 내가 이 글을 읽고 나면 다들 괜찮아질 거야."

송이는 돌아서서 우리와 함께 귀를 기울였다.

메리가 목을 가다듬고 종이에 쓴 글을 읽었다.

나는 말뚝버섯이 싫어요.
말뚝버섯은 냄새가 지독하고 못생겼습니다.
하지만 내가 말뚝버섯보다 더 싫어하는 것은
거짓말입니다. 거짓말을 하면 속이
메슥거립니다. 거짓말을 하면 다른 사람의
마음을 상하게 합니다. 상냥한 선생님의
마음도 상하게 합니다.
나는 진흙 그렘린입니다. 우리 진흙 그렘린들은
말뚝버섯을 보려고 점심시간에 울타리 구멍을
몰래 빠져나갔습니다. 어젯밤에 비가 내렸기
때문에 밖에 나갔을 때 신발에 축축한 흙이
묻었습니다. 나 때문에 교실 깔개가 엉망이 되고,
모든 것이 엉망이 되었습니다.
너무너무 미안합니다.
나는 거짓말이 정말 싫습니다!

메리가 글을 다 읽자, 송이가 선생님 품으로 와락 달려들었다.

"저도 진흙 그렘린이에요. 정말 죄송해요, 선생님."

덱스터와 나도 선생님에게 신발 바닥을 보여 주며 말했다.

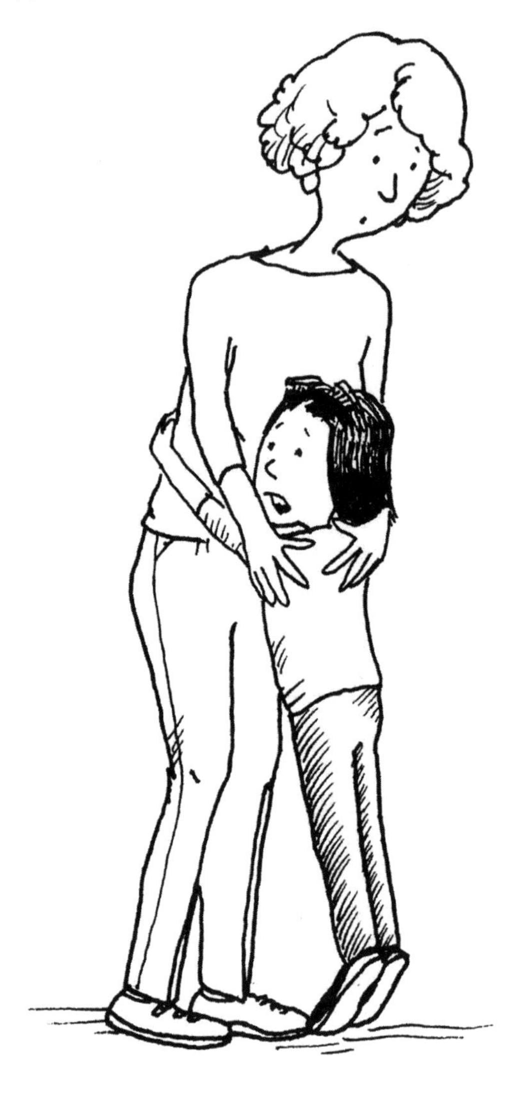

"저희도요. 죄송해요."

아이다도 "저도요." 하고 말했다.

시드니도 작은 소리로 뭐라고 중얼거렸지만, 아무도 듣지 못했다.

해리가 고개를 숙였다.

"모두 제 잘못이에요, 선생님. 제가 울타리 밖으로 나가서 버섯을 보자고 했어요. 정말 죄송해요."

선생님은 팔짱을 끼고 해리를 바라보았다.

그러고는 한숨을 쉬며 말했다.

"좋아요, 진흙 괴물들의 사과를 받아들이죠. 모두 진심으로 뉘우치는 것 같으니까요. 선생님은 메리와 여러분 모두가 사실대로 말해 줘서 기뻐요. 그게 가장 중요하죠. 하지만 이건 웃어넘길 일이 아니에요. 여러분은 중요한 학교 규칙을 어겼어요. 과학 공부를 한다고 허락 없이 학교 밖으로 나갔으니까요. 그러니 여러분은 자기가 한 일에 책임을 져야 해요. 선생님이 여러분 부모님께 전화를 드릴 거예요. 또 여러분은 오늘 수업이 끝나고 학교에 남아 있어야 해요."

우리는 모두 고개를 끄덕였다. 해리가 작은 빗자루를 들었다.

“깔개에 묻은 흙을 쓸어 낼게요, 선생님.”

송이도 쓰레받기를 들고 말했다.

“저도 해리랑 같이 치울게요.”

송이는 이제 기분이 조금 괜찮아진 것 같았다.

내가 말했다.

“저도요.”

그날 수업이 끝나고 우리는 한 시간 동안 청소를 했다. 해리와 나는 솔에 비눗물을 묻혀 새 깔개를 무지무지 깨끗하게 닦았다. 그러고 나서는 커다란 보라색 스펀지로 칠판과 책상을 모조리 싹싹 닦았다.

송이, 아이다, 메리는 커다란 책장 두 개에 꽂혀 있던 책을 몽땅 다시 정리했다. 한 책장에는 이야기책을 꽂고, 다른 책장에는 정보책을 꽂았다. 덱스터와 시드니는 바닥을 쓸고, 선생님이 쓰시는 벽장을 싹 치웠다.

가장 괴로운 일은 나중에 부모님의 얼굴을 보는 것이었다.

하지만 좋은 일도 있었다. 여자아이들이 책장에서 버섯과 균이 나오는 근사한 책을 찾아낸 것이다. 또 시드니는 선생님 벽장에서 도시락 통을 찾아냈다. 도시락 통 안에는 오래된 오렌지가 들어 있었다. 오렌지에는 푸른곰팡이와 흰색 곰팡이가 멋지게 피어 있었다. 우리는 선생님의 허락을 받고 해리의 목걸이 돋보기로 곰팡이를 관찰했다. 송이는 곰팡이로 현미경 표

본을 만들었다.

하지만 가장 좋은 일은 선생님이 우리를 데리고 근처 주립 공원에 가서 갖가지 버섯을 보여 준 일이었다. 그때는 모두들 잊지 않고 부모님한테 야외 수업 동의서를 받아 왔다. 해리도.

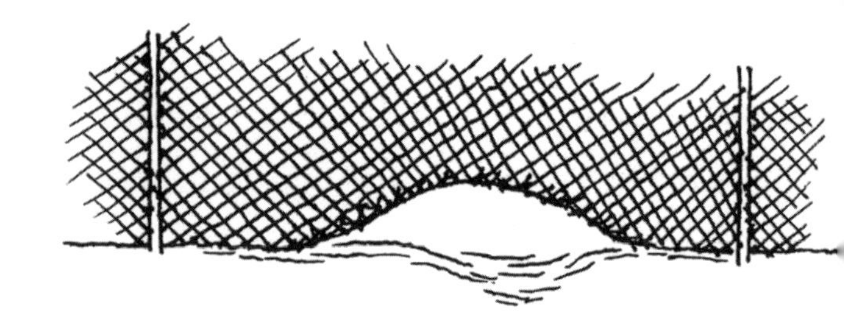

수지 클라인

1943년 미국 캘리포니아 주에서 태어나, 버클리 대학교를 졸업했다. 초등학교 선생님으로 일하면서 어린이책을 쓰기 시작해 '해리', '송이', '허비 존스' 같은 현실적인 등장인물을 주인공으로 한 여러 편의 시리즈 책을 냈다. 오랫동안 아이들을 가르치면서 겪은 일을 바탕으로 꾸밈없는 웃음을 담은 이야기들은 "일상적인 교실 생활에 진정으로 어울리는 이야기.", "저학년 교실의 언어, 유머, 집단 역학을 포착하는 비범한 능력."이라는 평가를 받으며, 다양한 상을 수상했다.
"내가 쓴 이야기는 대부분 교실 생활과 우리 가족, 나의 어린 시절에서 비롯되었어요. 시간을 내서 글을 쓰기만 한다면 일상은 이야기로 가득하답니다."라고 한 클라인은 '말썽꾼 해리' 이야기에 대해 이렇게 덧붙인다. "해리와 더그, 송이 이야기를 영원히 쓸 수 있을 것 같아요. 이 책들은 가족, 우정, 교실에 관한 것이고, 그 세 가지는 나에게 너무나 소중하거든요."

프랭크 렘키에비치

1939년 미국 코네티컷 주에서 태어났으며, 로스앤젤레스의 아트센터 학교를 졸업했다. 작가이자 일러스트레이터로 활동하면서 여러 작가의 어린이책에 그림을 그리고, 직접 글을 썼다. 수지 클라인의 인기작 '말썽꾼 해리'와 '송이' 시리즈, 조너선 런던의 '개구리' 시리즈의 삽화가로 잘 알려져 있다. 만화 같은 흑백 스케치가 익살스러운 이야기와 잘 어울리는 '말썽꾼 해리' 시리즈는 '생동감 넘치는 글과 웃음을 불러일으키는 그림'의 결합이라는 평을 듣는다.
렘키에비치는 이렇게 말한다. "나는 늘 유머 분야에 끌렸습니다. 내가 만든 책을 어린이들이 읽고 있는 모습을 보면 짜릿합니다. 아이들이 빙그레 웃을 때도 좋지만, 깔깔 웃음을 터뜨릴 때는 정말 좋답니다."

햇살과나무꾼

어린이책을 사랑하는 사람들이 모여 만든 곳으로, 세계 곳곳의 좋은 작품들을 소개하고 어린이의 정신에 지식의 씨앗을 뿌리는 책을 집필한다. 《꼬마 토드》, 《할머니의 비행기》, 《장화가 나빠》, 《에밀은 사고뭉치》 들을 우리말로 옮겼으며, 《놀라운 생태계, 거꾸로 살아가는 동물들》, 《신기한 동물에게 배우는 생태계》 들을 썼다.